Il Manifesto del Partito Comunista

Karl Marx

Friedrich Engels

ISBN : 9791041846122

In questa epoca, si tempestosa – tra l'accrescersi del disagio economico e morale nelle classi proletarie, e il dibattito, sì vivace, dei più ardui ed imponenti problemi umani e sociali nelle sfere degli: studiosi e nel popolo stesso – non sarà certo, sebbene ardita, inopportuna ed inutile affatto, la serie delle pubblicazioni, che a cominciare dal presente opuscolo, vedranno la luce.

Già da tempo, per attuare questa nostra idea, a varii altri da cui speravamo e che ci avevano promesso il loro appoggio, morale ed intellettuale, ci eravamo rivolti.

Non fu certo colpa nostra, se l'attuazione di questo nostro pensiero dovette essere dilazionata.

Oggi abbiamo trovato altri egregi giovani volonterosi ed intelligenti di cose sociali pronti a coadiuvarci in quest'opera di studio e di propaganda; sotto la guida di essi, noi verremo mano a mano pubblicando scritti editi ed inediti – di autori italiani e stranieri – sulle questioni più urgenti dei tempi nostri.

Scriveremo per gli studiosi, e per il popolo – soprattutto. Raccoglieremo ed accoglieremo quanto ci sembrerà utile e buono per l'opera nostra – è ricerca paziente e serena della verità – senza esclusivismi di scuola, od intolleranze settarie.

Nel modesto ed onesto lavoro, appena iniziato, potremo avvederci, se allo esame ed alla critica di istituzioni sociali da ormai discusse e non certo perfette, è concessa, realmente e nei fatti concreti, quella libertà, che pure la legge dello Stato consente e promette.

Ai lettori – noi ci auguriamo – saremo più che altro, raccomandati dalla prova dei fatti, e dallo studio, che porremo nel rendere, la nostra raccolta svariata, in un tempo, e completa.

Borghesi e proletari

L'istoria dell'umanità non è stata che l'istoria della lotta di classe.

Uomini liberi e schiavi, patrizi e plebei, baroni e servi, oppressori ed oppressi, in opposizione costante, condussero una guerra, ora aperta, ora dissimulata; una guerra che sempre finì con una trasformazione rivoluzionaria dell'intera società, o con la distruzione delle due classi in lotta.

Nelle prime epoche istoriche noi incontriamo quasi dappertutto una divisione gerarchica della società, una scala graduata di posizioni sociali. Nella Roma antica, noi vediamo patrizii, cavalieri, plebei e schiavi; nel medio evo, signori, vassalli, padroni e servi, ed in ciascuna di queste classi delle gradazioni speciali.

La moderna società borghese, elevata sulle rovine della feudalità, non abolì gli antagonismi di classe. Essa non fece che sostituire delle nuove classi, delle nuove condizioni d'oppressione, delle nuove forme di lotta.

Tuttavia il carattere distintivo dell'epoca nostra, dell'èra della Borghesia, è di avere semplificato gli antagonismi di classe.

Ogni dì più la società si divide in due grandi campi opposti, in due classi nemiche: la Borghesia ed il Proletariato.

Dai servi del medio evo nacquero gli elementi delle prime comunità; da questa popolazione municipale scaturirono gli elementi costitutivi della Borghesia.

La scoperta dell'America, la navigazione intorno all'Africa offersero alla Borghesia nascente nuovi campi d'azione. I mercati, dell'India e della China, la colonizzazione dell'America, il commercio coloniale, l'accrescimento dei mezzi di scambio e delle merci, comunicarono un impulso? straordinario al commercio, alla navigazione all'industria, e conseguentemente uno sviluppo rapido all'elemento rivoluzionario della feudalità in dissoluzione.

L'antico sistema di produzione non poteva più soddisfare i bisogni che crescevano coll'apertura dei nuovi mercati. Il mestiere attorniato di privilegi feudali fu sostituito dalla manifattura. La piccola borghesia industriale sostituisce i padroni dell'arte; la divisione del lavoro tra le differenti corporazioni sparisce, innanzi alla divisione del lavoro nel laboratorio stesso.

Ma i mercati s'ingrandivano costantemente e con essi la domanda. La manifattura a sua volta divenne insufficiente: allora la macchina ed il vapore rivoluzionarono la produzione industriale. La grande industria moderna sostituisce la manifattura; la piccola borghesia manifatturiera cede il posto agli industriali milionari, capi d'armata dei lavoratori, cioè ai borghesi moderni.

La grande industria crea il mercato mondiale, di già preparato dalla scoperta dell'America. Il mercato universale accelera prodigiosamente lo sviluppo del commercio, della navigazione e dei mezzi di comunicazione. Questo sviluppo reagisce a sua volta sul mercato dell'industria ed a misura che l'industria, il commercio, la navigazione, le ferrovie si sviluppavano, la borghesia ingrandiva, decuplando i suoi capitali e respingendo all'indietro le classi trasmesse dal medio evo.

Noi vediamo dunque che la Borghesia o essa stessa, il prodotto di una lunga evoluzione, d'una serie di rivoluzioni nei sistemi di produzione e di comunicazione.

Ogni fase di sviluppo percorso dalla borghesia fu accompagnata da un progresso politico corrispondente.

Stato oppresso dal despotismo feudale, associazione armata che si governa da sé nella Comune; qui repubblica municipale, là terzo stato tassabile della monarchia; poi, durante il periodo manifatturiero, contrapeso della nobiltà nelle monarchie limitate o assolute; base principale delle grandi monarchie, la borghesia, dopo l'impianto della grande industria e del mercato mondiale, si è infine impadronita del potere politico, ad esclusione delle altre classi, nello stato rappresentativo moderno. Il governo moderno non è che un comitato amministrativo degli affari della classe borghese.

La borghesia ha percorso, nella storia, un ruolo essenzialmente rivoluzionario.

Dovunque conquistò il potere, essa calpestò le relazioni feudali e patriarcali. Tutti i vincoli multicolori che univano l'uomo feudale ai suoi superiori naturali essa li schiacciò senza pietà, per non lasciare sostituire, tra uomo, e uomo, altri vincoli che il freddo interesse, che la dura moneta contante. Essa annegò l'estasi religiosa, l'entusiasmo cavalleresco, il sentimentalismo del piccolo borghese, nelle acque ghiacciate del calcolo egoista. Essa fece della dignità personale un semplice valore di scambio; essa sostituì alle numerose libertà sì caramente conquistate, l'unica ed insensibile libertà del commercio. In una parola, al posto della spogliazione coperta da illusioni religiose e politiche, essa pose una spogliazione aperta, diretta e brutale.

La borghesia spogliò della loro aureola, con paura, tutte le professioni considerate sino allora venerabili e venerate. Essa fece del medico, del giurista, del prete, del poeta, dello scienziato, altrettanti operai salariati.

La borghesia strappò il velo della poesia soave, che ricopriva le relazioni di famiglia e le ha ridotte a non essere che dei semplici rapporti di denaro.

La borghesia dimostrò che la brutale manifestazione della forza del medio evo, si ammirata dalla reazione, si completava naturalmente della più bassa poltroneria. Essa, per la prima, provò ciò che può compiere l'attività umana: creò ben altre meraviglie che le piramidi d'Egitto, gli acquedotti romani e le cattedrali gotiche; essa condusse ben altre spedizioni che le antiche emigrazioni di popoli e le crociate.

La borghesia non esiste che alla condizione di rivoluzionare incessantemente gl'istrumenti di lavoro, per conseguenza il sistema di produzione, per conseguenza tutti i rapporti sociali. La conservazione del vecchio sistema di produzione era, al contrario, la prima condizione di tutte le classi industriali precedenti. Questa rivoluzione continua dei sistemi di produzione, questo movimento costante di tutto il sistema sociale, questa agitazione, questa poca sicurezza eterne, distinguono l'epoca borghese da tutte le precedenti. Tutti i rapporti sociali tradizionali e profondamente radicati, con il loro corteggio di credenze e d'idee ammesse da secoli, si dissolvono; le idee ed i rapporti nuovi spirano avanti di cristalizzarsi. Tutto ciò che era stabile è scosso, tutto ciò che era sacro è profanato, e gli uomini sono costretti infine ad intravedere le loro condizioni d'esistenza e le loro mutue relazioni con occhi delusi.

Spinta dal bisogno d'uno smercio sempre più esteso, la borghesia invade il globo intero. Bisogna che dappertutto essa s'impianti, che dappertutto stabilisca e crei dei mezzi di comunicazione.

Per mezzo dello sfruttamento del mercato mondiale, la borghesia imprime un carattere cosmopolita alla produzione ed alla consumazione di tutti i paesi. A disperazione dei reazionarii essa tolse all'industria la sua base nazionale. Le vecchie industrie nazionali sono distrutte o sul punto di esserlo. Esse vengono sostituite da nuove industrie la cui introduzione di- viene una questione vitale per tutte le nazioni incivilite; industrie che non adoperano più materie prime indigene, bensì materie prime venute dalle regioni più lontane, ed i cui prodotti non si consumano soltanto nel paese stesso, ma in tutti i punti del globo. In luogo dell'antico isolamento locale e nazionale, si sviluppa un traffico universale, una dipendenza mutua delle nazioni. Ciò che avviene nella produzione materiale si riproduce nella produzione intellettuale. Le produzioni intellettuali di una nazione divengono proprietà comune di tutte. L'esclusivismo ed i pregiudizii nazionali divengono ognora più impossibili; e delle diverse letterature nazionali e locali si forma una letteratura universale.

Per il rapido perfezionamento di tutti gli strumenti di produzione e dei mezzi di comunicazione, la borghesia trascina nella corrente dell'incivilimento perfino le nazioni più barbare. Il buon mercato dei suoi prodotti è la sua grossa artiglieria per battere in breccia le mura della Cina e far capitolare i barbari più ostili agli stranieri. Essa costringe tutte le nazioni, sotto pena di morte, ad adottare il sistema di produzione borghese; essa le costringe ad introdurre presso di loro la sedicente civiltà, cioè a divenire borghesi. In una parola, essa modella un mondo a sua immagine.

La borghesia sottomise la campagna alla città. Essa costruì città immense; essa aumentò prodigiosamente la popolazione delle città a spese di quella delle campagne; ed in tal modo essa preservò una grande parte della popolazione dall'idiotismo della vita dei campi. Essa subordinò la campagna alla città, le nazioni barbare alle nazioni civili, i paesi agricoli ai paesi industriali, l'Oriente all'Occidente.

La borghesia sopprime ogni dì più lo sparpagliamento dei mezzi di produzione, della proprietà e della popolazione. Essa aggruppa le popolazioni, accentra i mezzi di produzione e concentra la proprietà nelle mani di qualche individuo. La conseguenza fatale di questi cambiamenti fu lo accentramento politico. Provincie riunite tra loro solo dai legami federali, aventi interessi, leggi, governi, tariffe doganali differenti, furono riunite in una sola nazione, un solo governo, una sola tariffa doganale, un solo interesse nazionale di classe.

La borghesia, dal suo avvenimento appena secolare, creò delle forze produttive, più svariate e più colossali che tutte le generazioni passate prese insieme. La sommissione delle forze della natura, le macchine, l'applicazione della chimica, all'industria ed all'agricoltura, la navigazione a vapore, le ferrovie, l'incanalamento dei fiumi, delle popolazioni intiere che sorgono come per incanto, qual secolo precedente avrebbe mai sognato che simili forze produttrici dormivano nel lavoro sociale?

Ecco dunque il riassunto di ciò, che noi abbiamo visto: i mezzi di produzione e di scambio, che servono di base alla evoluzione borghese, sono creati nel seno della società feudale; ad un certo grado di sviluppo di questi mezzi di produzione e di scambio, le condizioni nelle quali la società feudale produce e scambia i suoi prodotti, l'organizzazione feudale dell'industria e della manifattura, in una parola i rapporti della proprietà feudale cessano di corrispondere alle nuove forze produttrici. Essi mettevano ostacolo alla produzione, anziché svilupparla. Si mutavano in tante catene. Bisognava spezzarli e si sono spezzati.

Al loro posto s'innalza la libera concorrenza, con una costituzione sociale e politica corrispondente, colla dominazione economica e politica della classe borghese.

Sotto i nostri occhi si produce un fenomeno analogo. La società borghese moderna che mise in movimento così potenti mezzi di produzione e di scambio, rassomiglia a quei maghi, che non sapevano più dominare le potenze infernali, ch'essi aveano evocato. Da trenta anni almeno, l'istoria dell'industria e del commercio non è che l'istoria della rivolta delle forze produttrici contro i rapporti di produzione moderna, contro i rapporti di proprietà, che sono le condizioni d'esistenza della borghesia e della sua supremazia. Basta menzionare le crisi commerciali che, per il ritmo periodico, mettono ognor più in questione l'esistenza della società borghese. Ogni crisi distrugge regolarmente, non soltanto una massa di prodotti già creati, ma ancora una grande parte delle stesse forze produttrici. Una epidemia colpisce l'umanità, che nelle epoche precedenti sarebbe sembrata un paradosso: è l'epidemia della sopra-produzione. La società si trova subitamente rigettata in uno stato di momentanea barbarie: si direbbe che una guerra d'esterminio le porta via tutti i mezzi di vita: l'industria ed il commercio sembrano paralizzati. – E perché? – perché la società ha troppa civiltà, troppi mezzi di sussistenza, troppa industria, troppo commercio. Le forze produttrici di cui essa dispone non assicurano più le condizioni della proprietà borghese; al contrario, esse divennero troppo potenti per queste condizioni, che mutansi in ostacoli; e tutte le volte che le forze produttrici sociali spezzano gli ostacoli, esse precipitano nel disordine la società intera, e minacciano l'esistenza della proprietà borghese. Il sistema borghese divenne troppo angusto per contenere le ricchezze create nel suo seno. Come fa la borghesia per superare queste crisi? Da una parte con la distruzione forzata d'una massa di forze produttrici, dall'altra con la conquista dei nuovi mercati e lo sfruttamento più perfetto degli antichi. Cioè essa prepara delle crisi più generali e più terribili, e riduce i mezzi per prevenirle.

Le armi di cui la borghesia si servì per abbattere la feudalità si ritorcono oggi contro la borghesia stessa.

Ma la borghesia non ha soltanto fabbricato le armi che devono darle la morte; essa produsse pure gli uomini che devono manipolarle – gli operai moderni, i Proletarii.

Con lo sviluppo della borghesia, cioè del capitale, si sviluppa il Proletariato, la classe degli operai moderni, i quali non vivono, che a condizione di trovare lavoro, e che non ne trovano più appena che il loro lavoro cessa di aumentare il capitale. Gli operai, costretti a vendersi di giorno in giorno, sono della mercé come tutti gli altri articoli di commercio; essi subiscono per conseguenza tutte le fluttuazioni del mercato.

L'introduzione delle macchine e la divisione del lavoro spogliarono il lavoro dell'operaio del suo carattere individuale, e per conseguenza della sua attrattiva.

Il produttore diviene una semplice ruota della macchina, e non si esige da lui che un'operazione semplice, monotona e presto appresa. Avviene che le spese di produzione dell'operaio si riducono alle spese della sua sussistenza e della propagazione della sua razza. Il prezzo del lavoro, come quello di ogni altra mercé è uguale al costo della sua produzione. Dunque più il lavoro diviene ripugnante, più i salarii ribassano.

Più ancora; la somma del lavoro s'accresce con lo sviluppo della macchina e della divisione del lavoro, sia per l'aumento della giornata di lavoro, sia per l'accrescimento dell'intensità del lavoro, sia per l'accelerazione del movimento delle macchine.

L'industria moderna trasformò il piccolo laboratorio dell'antico padrone patriarcale in grande fabbrica di borghese capitalista. Delle masse d'operai, stivati nelle fabbriche, sono organizzati militarmente. Trattati come dei soldati industriali; sono posti sotto la sorveglianza d'una gerarchia completa di ufficiali e sott'ufficiali.

Essi non sono soltanto gli schiavi della classe borghese, del governo borghese, ma pure giornalmente ed a tutte le ore, gli schiavi delle macchine, del direttore, e del padrone della fabbrica. Questo despotismo è tanto più meschino, più odioso, e più ripugnante, in quanto esso prende apertamente il guadagno per unico scopo.

Meno il lavoro esige abilità e forza; cioè, più l'industria moderna progredisce, più il lavoro delle donne è sostituito a quello degli uomini. Le distinzioni di età e di sesso, non hanno più alcun significato sociale per la classe operaia. Non vi sono più che degli istrumenti di lavoro, il prezzo varia secondo l'età ed il sesso.

Quando l'operaio ha subito lo sfruttamento del fabbricante, e ch'egli riceve il suo salario in moneta contante, allora diviene la preda degli altri membri della borghesia, del piccolo proprietario, del piccolo bottegaio, e dell'usuraio.

La piccola borghesia, composta di modesti industriali, di mercanti, di piccoli possidenti di artigiani o di contadini proprietarii, cade nel Proletariato; da un lato, perché i suoi meschini capitali non permettendo d'impiegare i procedimenti della grande industria, essa soccombe nella concorrenza con i grandi capitalisti; d'altro canto perché la sua abilità speciale è disprezzata dai nuovi sistemi di produzione. In questo modo il Proletariato si recluta in tutte le classi della popolazione.

Il Proletariato passa per differenti fasi d'evoluzione. La sua lotta contro la borghesia incomincia dalla sua nascita.

Prima la lotta è impegnata da operai isolati, poi da operai di una medesima fabbrica, in seguito da operai del medesimo mestiere, in una località, contro la borghesia che li sfrutta direttamente. Essi non si contentano di dirigere i loro attacchi contro, il sistema borghese di produzione; essi li dirigono contro gl'istrumenti di produzione: essi distruggono le merci straniere, che lor fanno concorrenza, spezzano le macchine, bruciano le fabbriche, e si sforzano di riconquistare le condizioni perdute d'artigiani del medio evo.

A questo punto di sviluppo, il Proletariato forma una massa disseminata per tutti i paesi e disunita dalla concorrenza. Se talvolta gli operai agiscono in massa più o meno compatta, questo insieme non è ancora il risultato della loro unione, ma di quella della borghesia che per arrivare ai suoi fini politici, è costretta di mettere in movimento il Proletariato intero, e che per il momento possiede ancora il potere. Quello che caratterizza questa fase del loro sviluppo isterico, si è che i proletarii non combattono ancora i loro nemici diretti, ma, i nemici dei loro nemici, cioè i resti della monarchia assoluta, i proprietarii di terreni, i borghesi non proprietarii ed i piccoli borghesi. Tutto il movimento storico è diretto dalla borghesia, tutta la vittoria riportata in queste condizioni è una vittoria borghese.

Ma lo sviluppo dell'industria ingrossa soltanto il numero dei proletarii, e li concentra in masse più considerevoli: essi acquistano delle forze e con queste la coscienza della loro potenza. Gl'interessi, le condizioni di esistenza dei proletarii si uguagliano sempre più, a misura che la macchina cancella tutta la differenza nel lavoro, riduce quasi dappertutto il salario ad un livello egualmente basso. La crescente concorrenza dei borghesi tra di loro, e le crisi commerciali, che ne risultano, rendono i salarii sempre più incerti; l'incessante perfezionamento delle macchine rende la posizione dell'operaio vieppiù precaria; le collisioni individuali tra l'operaio ed il borghese assumono ognora più il carattere di collisioni di due classi. Gli operai incominciano a coalizzarsi contro i borghesi per il mantenimento dei loro salarii. Essi formano pure delle associazioni permanenti allo scopo di essere pronti alle lotte eventuali; qua e là la resistenza diviene ammutinamento.

Qualche volta gli operai trionfano; ma il loro trionfo non è che momentaneo.

Il vero risultato delle loro lotte è meno [...] il successo immediato che la solidarietà crescente degli operai.

Questa solidarietà è facilitata dall'accrescimento dei mezzi di comunicazione i quali permettono agli operai delle differenti località di entrare in relazione. Non resta più che unirli per trasformare queste lotte, le quali rivestono ovunque il medesimo carattere, in una lotta nazionale, in una lotta di classe. Ma ogni lotta di classe è una lotta politica. E le comunicazioni che i borghesi del Medio-Evo impiegavano da secoli a stabilire con le loro strade vicinali, i proletarii le stabiliscono in qualche anno colle ferrovie.

L'organamento del proletariato in classe e per conseguenza in partito politico è incessantemente distrutta dalla concorrenza che gli operai si fanno tra loro.

Ma essa, rinasce sempre, e sempre più forte, più salda, più potente. Profittando delle divisioni intestine dei borghesi, essa li costringe a garantire legalmente certi interessi della classe operaia: per esempio, la legge delle dieci ore di lavoro in Inghilterra.

Le divisioni della società favoriscono in modi differenti lo sviluppo del Proletariato.

La borghesia vive in uno stato di guerra perpetua; prima contro l'aristocrazia, poi contro questa categoria della borghesia i cui interessi entrano in contraddizione col progresso dell'industria, ed infine contro la borghesia dei paesi stranieri. In tutte queste lotte essa è costretta di fare appello al Proletariato, d'usare del suo concorso e di trascinarlo in tal modo nel movimento politico. Per conseguenza la borghesia fornisce al Proletariato gli elementi del suo progresso, cioè delle armi contro la borghesia.

Inoltre, come abbiam visto, alcune parti costituenti la classe dominante sono rigettate interamente nelle file del Proletariato dal progresso industriale, o sono minacciate nelle loro condizioni di esistenza. Esse forniscono al Proletariato dei numerosi elementi di progresso.

Infine, nel momento in cui la lotta di classe s'avvicina alla sua crisi, il movimento di dissoluzione della classe dirigente e della Società intera prende un carattere sì acuto e sì violento, che una frazione della classe dirigente se ne distacca, per allearsi alla classe rivoluzionaria, alla classe che rappresenta l'avvenire. Un tempo, una parte della nobiltà si schierava colla borghesia; ai nostri giorni una parte della borghesia fa causa comune col proletariato, e principalmente quella parte della borghesia pensante che pervenne a comprendere il cammino del movimento storico.

Di tutte le classi, attualmente avversarie della borghesia, il proletariato solo è veramente rivoluzionario. Le altre classi si dislocano e scompaiono in causa della grande industria: il proletariato, al contrario, è il suo prodotto particolare.

La classe media, i piccoli fabbricanti, i bottegai, gli artigiani, i contadini lottano contro la borghesia perch'essa compromette la loro esistenza in qualità di classe media. Per conseguenza essi non sono rivoluzionarii, ma conservatori. Anzi sono reazionari, poiché si sforzano di far retrocedere il cammino alla storia. Se essi agiscono rivoluzionariamente è per la paura sempre presente di cadere nel Proletariato. Essi difendono in questo caso i loro interessi futuri, e non i loro interessi attuali; essi rinunciano al loro proprio punto di vista per mettersi in quello del Proletariato.

La marmaglia delle grandi città, questa feccia putrefatta delle ultime secrezioni della società, è qua e là trascinata nel movimento da una rivoluzione proletaria, ma le sue condizioni di vita la predispongono, al contrario, a vendersi alla reazione.

Le condizioni di esistenza della vecchia società sono già distrutte nelle condizioni di esistenza del Proletariato. Il Proletario è senza proprietà, le sue relazioni di famiglia non hanno nulla di comune con quelle della famiglia borghese. Il lavoro industriale moderno, che implica l'asservimento dell'operaio da parte del capitale, in Francia come in Inghilterra, in America come in Germania, ha spogliato il Proletario d'ogni carattere nazionale. Le leggi, la morale, la religione, sono per lui altrettanti pregiudizi borghesi, dietro i quali si nascondono altrettanti interessi borghesi.

Tutte le classi, che conquistarono anteriormente il potere, cercarono di consolidare la loro situazione acquistata sommettendo la società intiera al loro modo d'appropriazione. I proletarii non possono impadronirsi delle forze produttrici sociali che abolendo il loro speciale modo di appropriazione e in conseguenza il modo d'appropriazione in vigore sino ai nostri giorni. I proletarii non devono preoccuparsi di garanzie per una proprietà che a loro manca; essi devono, al contrario, distruggere ogni garanzia privata esistente.

Tutti i movimenti storici sono stati, sino ad ora, dei movimenti di minoranze a profitto di minoranze. Il movimento del proletariato è il movimento spontaneo della immensa maggioranza a profitto della immensa maggioranza. Il Proletariato, ultimo parto della società ufficiale, non può elevarsi senza sconvolgere tutti i prodotti superiori di questa società.

La lotta del proletariato contro la borghesia, benché in fondo non sia una lotta nazionale, ne riveste tuttavia la forma. Il proletariato di ogni paese deve incominciare la lotta per finirla colla sua propria borghesia.

Analizzando le fasi dello sviluppo del proletariato, noi abbiamo seguito passo passo la storia della guerra civile più o meno occulta che smembra la società, sino al momento in cui esplode in una rivoluzione ed in cui il proletariato impone la sua dominazione colla distruzione della borghesia.

Come abbiamo visto, tutte le società anteriori poggiarono sull'antagonismo della classe opprimente e della classe oppressa. Ma per poter opprimere una classe, bisogna almeno garantirle le condizioni d'esistenza che le permettano di vivere in schiavitù. Il servo in piena feudalità perveniva a farsi membro del Comune; il borghese embrionale del medio-evo acquistava la posizione di borghese, sotto il giogo dell'assolutismo feudale. L'operaio moderno, al contrario, anziché elevarsi col progresso dell'industria, discende sempre più in basso, al di sotto pure del livello delle condizioni vitali della stessa sua classe. Il lavoratore torna a carico della società, ed il pauperismo s'accresce più rapidamente ancora che la popolazione e le ricchezze. È adunque dimostrato, che la borghesia è incapace di sostenere la parte di classe dominante e d'imporre alla società, come legge suprema, le condizioni d'esistenza della propria classe. Essa non può più regnare, perché non può più assicurare l'esistenza al suo schiavo, neppure nelle condizioni della sua schiavitù, poiché essa è costretta di lasciarlo cadere in una situazione così precaria da doverlo nutrire invece di esser nutrita. La società non può più esistere sotto la sua dominazione, ciò che vorrebbe dire che la sua esistenza è incompatibile con quella della società.

La condizione essenziale d'esistenza e di supremazia per la classe borghese è l'accumulamento della ricchezza in mani private, la formazione e l'accrescimento del capitale è il salariato; il salariato riposa esclusivamente sulla concorrenza che si fanno gli operai tra loro. Il progresso industriale, del quale la borghesia è l'istrumento passivo ed incosciente, sostituisce l'isolamento degli operai con la loro unione rivoluzionaria a mezzo dell'associazione. Lo sviluppo della grande industria scava sotto i piedi della borghesia il terreno stesso sul quale essa stabilì il suo sistema di appropriazione e di produzione.

La borghesia produce innanzi tutto i suoi seppellitori. La sua caduta ed il trionfo del proletariato sono del paro inevitabili.

Proletarii e Comunisti

Qual'è l'attitudine dei comunisti in faccia ai proletarii presi in massa?

I comunisti non formano un partito distinto in opposizione agli altri partiti operai.

Essi non hanno interessi distinti da quelli di tutto il Proletariato.

Essi non proclamano principii per poi imporli al movimento operaio.

I comunisti non si distinguono dagli altri partiti del Proletariato che su due punti: nelle differenti lotte nazionali dei proletarii essi mettono innanzi, e fanno valere gl'interessi comuni del Proletariato intero, senza distinzione di nazionalità; e nelle differenti fasi evolutive della lotta tra proletarii e borghesi, pure non accettando alcuna di queste fasi come definitiva, essi difendono sempre la causa del movimento generale.

Praticamente dunque i comunisti sono la parte più risoluta e più avanzata dei partiti operai di tutti i paesi; teoricamente si distinguono con vantaggio dal resto del proletariato per la loro conoscenza netta delle condizioni, del cammino, e dello scopo del movimento proletario.

Lo scopo immediato dei comunisti è il medesimo di tutte le frazioni del proletariato: organizzazione dei proletarii in partito di classe, distruzione della supremazia borghese, conquista del potere politico per parte del Proletariato.

Le proposte teoriche dei comunisti non riposano in alcun modo su principii inventati o scoperti da tale o tale altro riformatore.

Esse non sono che l'espressione generale delle condizioni reali di un movimento isterico in evoluzione sotto i nostri occhi. L'abolizione di una data forma della proprietà non è il carattere distintivo del comunismo.

La forma della proprietà subì dei costanti cambiamenti, delle continue trasformazioni storielle. La Rivoluzione francese abolisce la proprietà feudale in favore della proprietà borghese.

Il carattere distintivo del comunismo non è l'abolizione della proprietà in generale, ma l'abolizione della proprietà borghese.

Ora, la proprietà privata borghese è l'ultima e la più perfetta espressione della produzione e dell'appropriazione dei prodotti sulla base degli antagonismi di classe, dello sfruttamento degli uni sugli altri.

In questo senso i comunisti possono riassumere le loro teorie in questa proposta: abolizione della proprietà privata.

Rimproverano, a noi comunisti, di volere abolire la proprietà personale acquistata col lavoro, la proprietà che è garanzia di tutte le libertà, dell'attività e dell'indipendenza.

Per proprietà acquistata col lavoro intendono la proprietà del contadino, del piccolo borghese, anteriore alla proprietà borghese? questa noi non abbiamo ad abolirla; il progresso dell'industria l'ha di già abolita, o è dietro ad abolirla.

Oppure vogliono parlare della proprietà privata, della proprietà borghese moderna?

Ma come il proletario col suo lavoro gode della proprietà? In nessun modo; esso crea il capitale, cioè la proprietà, che sfrutta il lavoro salariato, e che non può accrescersi, che a condizione di creare del nuovo lavoro salariato, affine di sfruttarlo ancora.

Nella sua forma presente, la proprietà si muove tra i due termini in antinomia tra loro: capitale e lavoro salariato. Esaminiamo le due parti di questo antagonismo.

Essere capitalista significa non soltanto occupare una posizione personale, ma ancora una posizione sociale nel sistema della produzione. Il capitale è un prodotto collettivo; esso non può essere messo in movimento che con gli sforzi combinati di una massa d'individui: in ultimo luogo esso esige per il suo funzionamento gli sforzi combinati di tutti gl'individui della società.

Il capitale non è dunque una forza personale, ma una forza sociale.

Risulta dunque, che quando il capitale è trasformato in proprietà comune, appartenente a tutti gli individui della società, non è una proprietà personale, che è trasformata in proprietà sociale; non vi è che il carattere sociale della proprietà che è trasformato: esso perde il suo carattere di proprietà di classe.

Arriviamo al lavoro salariato.

Il prezzo medio del lavoro salariato è il minimo del salario, cioè la somma dei mezzi d'esistenza, di cui l'operaio ha bisogno per vivere da operaio. Per conseguenza ciò che l'operaio salariato s'appropria colla sua attività, è giusto ciò che gli è necessario a mantenere la sua esistenza. Noi non vogliamo in alcun, modo, abolire quest'appropriazione personale dei prodotti del lavoro indispensabile al mantenimento dell'esistenza quest'appropriazione non lascia dietro di sé alcun profitto netto, che dia del potere sul lavoro degli altri. Ciò che noi vogliamo è, sopprimere le miserie di quest'appropriazione, che fanno sì che l'operaio non vive, che per accrescere il capitale, e nei limiti voluti dagl'interessi della classe dominante.

Nella società borghese, il lavoro vivente non è che un mezzo d'accrescere il lavoro accumulato. Nella società comunista, il lavoro accumulato non sarà che un mezzo di allargare e di abbellire l'esistenza dei lavoratori.

Nella società borghese, il passato domina il presente; nella società comunista, è il presente che dominerà il passato. Nella società borghese, il capitale è indipendente e personale, mentre l'individuo, che agisce, è dipendente e privo di personalità.

Ed è l'abolizione di un simile stato di cose che la borghesia chiama abolizione della personalità e della libertà. In questo essa non ha torto. Poiché si tratta effettivamente dell'abolizione dell'individualità, dell'indipendenza, e della libertà borghese.

Per libertà, nelle condizioni attuali della produzione borghese, s'intende la libertà del commercio, il libero scambio.

Ma abolite il traffico, e voi abolirete nel medesimo tempo il traffico libero.

Del resto, tutte le belle frasi sul libero scambio, come pure tutte le furfanterie liberali dei nostri borghesi, non hanno un senso che per opposizione al commercio impedito, al borghese asservito del medio evo; esse non ne hanno alcuno, allorché si tratta dell'abolizione del traffico, dell'abolizione dei rapporti della produzione borghese e della borghesia stessa.

Voi siete spaventati perché vogliamo abolire la proprietà privata. Ma nella vostra società attuale, la proprietà privata è abolita per nove decimi dei suoi membri. Ed è precisamente perché essa non esiste per nove decimi, che esiste per voi..

Voi ci rimproverate dunque, di volere abolire una proprietà, che non può costituirsi senza privare l'immensa maggioranza della società d'oggi proprietà.

In una parola, voi ci accusate di volere abolire la vostra proprietà. Diffatti è ben questa la nostra intenzione.

Dal momento che il lavoro non può più essere trasformato in capitale, in moneta, in proprietà fondiaria, in potere sociale capace di essere monopolizzato; cioè dal momento che la proprietà può più essere convertita in proprietà borghese, voi vi affrettate di dichiarare che l'individualità è soppressa.

Voi confessate dunque, che allorché parlate dell'individuo, voi non intendete parlare che del borghese. E questo individuo, è vero, noi vogliamo sopprimerlo.

Il comunismo non toglie a nessuno potere d'appropriarsi la sua parte dei prodotti sociali, esso non toglie che il potere di assoggettare coll'aiuto di quest'appropriazione, il lavoro degli altri.

Voi pretendete ancora che coll'abolizione della proprietà privata, cesserebbe ogni attività, che una poltroneria generale s'impadronirebbe del mondo. Se ciò fosse possibile sarebbe molto tempo che la società borghese sarebbe morta di pigrizia, poiché coloro che lavorano non guadagnano, e coloro che guadagnano non lavorano. Tutta l'obbiezione si riduce a questa tautologia: che non vi è lavoro salariato, dove non è capitale.

Le accuse mosse contro il sistema comunista di produzione e d'appropriazione dei prodotti materiali, sono state mosse egualmente contro la produzione e l'appropriazione intellettuale. Come per il borghese, l'abolizione della proprietà di classe è l'abolizione d'ogni proprietà, così l'abolizione della coltura intellettuale di classe è l'abolizione d'ogni coltura intellettuale.

La coltura di cui esso deplora la perdita, significa per l'immensa maggioranza la maniera di divenire macchina.

Ma cessate di criticarci, finché giudicherete l'abolizione della proprietà privata secondo le vostre nozioni borghesi di libertà, di coltura, di diritto, ecc. Le vostre idee sono esse stesse i prodotti dei rapporti della produzione e della proprietà borghese, come il vostro diritto non è che la volontà della vostra classe eretta in legge, e come questa volontà, è essa stessa creata dalle condizioni materiali della vita della classe vostra.

Il concetto interessato che vi fa vedere nei vostri rapporti di produzione e di proprietà non dei rapporti transitorii nel progresso della produzione, ma delle leggi eterne di natura e di ragione, questo concetto illusorio, voi lo divideste con tutte le classi un tempo regnanti, ed oggi scomparse. Ciò che concepite per la proprietà antica, ciò che intendete per la proprietà feudale, non comprendete per la proprietà borghese.

Abolire la famiglia! Sino i più radicali s'indignano a questa esecrabile intenzione dei comunisti.

Quale è la base della famiglia borghese dell'epoca nostra? Il capitale e il guadagno individuale. La famiglia non esiste allo stato completo che per la borghesia, ma essa si completa nella prostituzione pubblica, e nella soppressione delle relazioni di famiglia per il proletario.

La famiglia del borghese sparisce naturalmente colla scomparsa del suo completamento necessario, e l'uno e l'altro scompaiono coll'abolizione del capitale.

Ci rimproverate di volere abolire la educazione dei fanciulli fatta dai loro parenti? Confessiamo il delitto.

Voi pretendete che sostituendo l'educazione sociale all'educazione domestica si spezzano i vincoli più cari.

La vostra educazione non è forse essa pure determinata dalla società, dalle condizioni sociali, nelle quali voi allevate i vostri fanciulli, dall'intervento diretto od indiretto della società coll'aiuto delle scuole, ecc.? I comunisti non inventano l'influenza della società sull'educazione, essi ne cambiano soltanto il carattere e strappano l'educazione all'influenza della classe dominante.

Le declamazioni borghesi sulla famiglia e l'educazione, sui teneri legami che uniscono i fanciulli ai genitori, divengono tanto più strazianti, giacché a causa della grande industria tutte le relazioni famigliari sono per i proletarii sempre più distrutte, e che i fanciulli sono ognora più trasformati in semplici oggetti di commercio, in semplici istrumenti di lavoro.

Ma dalla borghesia intera si eleva un clamore: voi altri comunisti, essa grida, volete introdurre la comunanza delle donne!

Per il borghese, sua moglie non è che un istrumento di produzione. Esso intende dire che gl'istrumenti di produzione verranno messi in comune e concludono naturalmente che vi sarà comunanza di donne.

Esso non comprende che si tratta precisamente di dare alla donna un'altra parte, che quella di semplice istrumento di produzione.

Del resto, niente di più comico che l'orrore ultramorale che ispira ai nostri borghesi la pretesa comunanza ufficiale delle donne presso i comunisti. I comunisti non hanno bisogno d'introdurre la comunanza delle donne. Essa ha quasi sempre esìstito.

I nostri borghesi non contenti di avere a loro disposizione le mogli e le figlie dei loro proletarii, senza parlare della prostituzione ufficiale, trovano il piacere singolare... d'incoronarsi tra loro.

Il matrimonio borghese è in realtà, la comunanza delle donne maritate. Tutt'al più, potrebbero accusare i comunisti di volere mettere al posto di una comunanza di donne ipocrita e dissimulata, un'altra che sarebbe franca ed ufficiale. Del resto è evidente che, coll'abolizione dei rapporti di produzione attuali, la comunanza delle donne che ne deriva, cioè la prostituzione ufficiale e non ufficiale, scomparirà.

Si accusano i comunisti di volere abolire la patria, la nazionalità.

Gli operai non hanno patria. Non si può levar loro quello che non hanno. Siccome il proletariato d'ogni paese deve, in primo luogo, costituirsi in classe nazionale nel proprio paese, nei suoi proprii limiti nazionali, per questo fatto egli è nazionale, non però nel senso borghese.

Le demarcazioni e gli antagonismi nazionali dei popoli spariscono di già, ognora più, con lo sviluppo della borghesia, con la libertà del commercio ed il mercato mondiale; coll'uniformità della produzione industriale e le maniere di vivere, che ne risultano. L'avvenimento del proletariato li farà scomparire più presto ancora. L'azione comune dei differenti proletariati, almeno nei paesi inciviliti, è una delle prime condizioni della loro emancipazione.

Abolite lo sfruttamento dell'uomo su l'uomo, ed avrete abolito lo sfruttamento di una nazione su di un'altra nazione.

Allorché scomparirà l'antagonismo di classe all'interno delle nazioni, scompariranno pure le ostilità fra nazione e nazione.

Riguardo alle accuse lanciate contro i comunisti, a nome della religione, della filosofia e dell'ideologia, esse non meritano neppure un esame profondo.

Vi è bisogno di una grande intelligenza per comprendere che i concetti, le nozioni, i fini, in una parola la coscienza degli uomini si modifica essa pure in un con le loro relazioni sociali, con la loro esistenza collettiva?

La storia del pensiero non ci prova che la produzione intellettuale si trasforma contemporaneamente alla produzione materiale? Le idee dominanti di un'epoca, non furono che le idee della classe dominante.

Quando si parla d'idee che rivoluzionano una società intera, si enuncia soltanto il fatto che, nel seno d'una vecchia società, si sono formati gli elementi di una società nuova, e che le vecchie idee si dissolvono colla dissoluzione delle antiche relazioni sociali.

Quando il vecchio mondo declinava, le vecchie religioni furono vinte dalla religione cristiana: quando nel secolo decimottavo le idee cristiane cedevano alle idee filosofiche – alla società feudale dava la sua giornata campale la borghesia allora rivoluzionaria. Le idee di libertà, di coscienza e di religione proclamano soltanto il regno della libera concorrenza nel dominio del pensiero.

Ma, diranno, siamo intesi che le idee religiose, morali, filosofiche, politiche e giuridiche si modificano nel corso dello sviluppo storico. La religione, la morale, la filosofia, la politica, il diritto, si mantennero a traverso queste perpetue trasformazioni.

Ma hannovi varie verità eterne, come la libertà, la giustizia, ecc. che sono comuni a tutte le condizioni sociali. Ora il comunismo abolisce le verità eterne ed in ciò esso è in contraddizione con tutto lo sviluppo storico antecedente.

A che si riduce questa obiezione? La storia di tutte le società passate si muta; in mezzo agli antagonismi di classe, che rivestirono delle forme differenti in differenti epoche.

Ma qualunque sia la forma presa dall'antagonismo, lo sfruttamento di una parte della società da parte dell'altra, è un fatto comune a tutti i secoli passati.

Dunque non è sorprendente che la coscienza di tutti i tempi a dispetto d'ogni divergenza e d'ogni diversità, si sia mutata in certe forme comuni, in alcune forme di coscienza, che non si dissolveranno completamente, che coll'intera scomparsa dell'antagonismo di classe.

La rivoluzione comunista è la rottura più radicale coi rapporti di proprietà tradizionale; dunque niente di sorprendente, che, nel corso del suo sviluppo, essa la rompa, della maniera la più radicale, con le vecchie idee tradizionali.

Ma non occupiamoci più delle obiezioni borghesi contro il comunismo.

Come abbiamo visto testè, la prima fase nella rivoluzione operaia è la costituzione del proletariato in classe dominante, la dominazione del popolo.

Il proletariato si servirà della sua supremazia politica per strappare gradualmente il capitale alla borghesia, per accentrare tutti gl'istrumenti di produzione nelle mani dello stato, cioè del proletariato organato in classe dominante, e per aumentare il più presto possibile la massa delle forze produttrici disponibile.

E questo naturalmente non potrà essere effettuato, da principio, che per mezzo di un'azione dispotica verso i diritti di proprietà ed i rapporti di produzione borghese, cioè prendendo delle misure, che dal punto di vista economico, sembreranno insufficienti ed insostenibili, ma che sono indispensabili come mezzo di rivoluzionare l'intero sistema di produzione.

Queste misure varieranno senza dubbio a seconda dei differenti paesi.

Per i paesi più avanzati, le misure seguenti potranno generalmente essere applicabili.

1. Espropriazione della proprietà fondiaria e confisca della rendita a profitto dello Stato.

2. Imposta fortemente progressiva.

3. Abolizione dell'eredità.

4. Confisca della proprietà di tutti gli emigranti e di tutti i ribelli.

5. Accentramento del credito nelle mani dello Stato, per mezzo di una banca nazionale col monopolio esclusivo.

6. Accentramento nelle mani dello Stato di tutti i mezzi di trasporto.

7. Aumento delle manifatture nazionali e degl'istrumenti di produzione nelle mani dello Stato, e dissodamento dei terreni incolti e miglioramento delle terre coltivate secondo il sistema generale.

8. Lavoro obbligatorio per tutti, organamento d'armate industriali, particolarmente per l'agricoltura.

9. Combinazione del lavoro agricolo e industriale, misure tendenti alla fusione graduale della città e della campagna.

10. Educazione pubblica e gratuita di tutti i fanciulli, abolizione del lavoro dei fanciulli nelle fabbriche qual'è praticato oggi. Combinazione dell'educazione con la produzione materiale, ecc. ecc.

Gli antagonismi di classe una volta scomparsi nel corso dello sviluppo, tutta la produzione concentrata nelle mani degli individui associati, il potere pubblico perde il suo carattere politico.

Il potere politico è l'organamento del potere di una classe per l'oppressione di un'altra. Se il proletariato, nella sua lotta contro la borghesia, si costituisce forzatamente in classe, se egli si erige con una rivoluzione in classe dominante e, come classe dominante distrugge violentemente i vecchi rapporti di produzione, egli distrugge, nello stesso tempo che questi rapporti di produzione, le condizioni di esistenza dell'antagonismo di classe, egli distrugge le classi in generale, e quindi la sua stessa dominazione come classe.

Al posto della vecchia società borghese, con le sue classi ed i suoi antagonismi di classe, sorge un'associazione dove il libero sviluppo di ciascuno è la condizione del libero sviluppo di tutti.

Letteratura socialista e comunista

1. Il Socialismo reazionario

a) Il Socialismo Feudale

Dalla loro posizione storica, le aristocrazie francese ed inglese, furono chiamate a lanciare dei libelli contro la società borghese. Nella rivoluzione francese del 1830, nel movimento riformista inglese, esse soccombettero una volta di più sotto i colpi del sopravvenuto aborrito.

Per esse non poteva più ormai essere questione di una lotta politica seria, non rimaneva più che la lotta letteraria. Ma nel dominio letterario, la vecchia fraseologia della restaurazione era divenuta impossibile. Per crearsi delle simpatie bisognava che l'aristocrazia facesse finta di perdere di vista i suoi propri interessi, e che redigesse il suo atto d'accusa contro la borghesia nel solo interesse della classe operaia sfruttata. Essa si procurava in tal modo la soddisfazione di potere aggravare di beffe e d'ingiurie i suoi nuovi padroni, e di canticchiare ai loro orecchi delle profezie di grandi sventure.

È così che nacque il socialismo feudale, mescolanza di lamentazioni e pasquinate, di echi del passato e vagiti dell'avvenire. Se talvolta la sua critica mordente e spirituale toccava al cuore la borghesia, la sua impotenza assoluta a comprendere il cammino della storia finiva sempre col renderla ridicola.

Sotto forma di bandiera, questi signori inalberavano la bisaccia del mendicante allo scopo di attirare il popolo a loro; ma appena il popolo accorreva, esso scorgeva le loro spalle ornate dell'antico blasone feudale, e si disperdeva con degl'irriverenti scoppii di risa.

Una parte dei legittimisti francesi e la giovine Inghilterra divertirono il mondo con questi spettacoli.

Quando i campioni della feudalità dimostrano che il loro sistema di sfruttamento differisce da quello della borghesia, dimenticano di aggiungere ch'essi sfruttavano in condizioni e circostanze tutt'affatto differenti ed oggi scomparse. Quando essi provano, che sotto la loro dominazione il proletariato moderno non esisteva, essi dimenticano di dire che la borghesia moderna è precisamente un rampollo fatale dell'ordine sociale feudalistico.

Essi nascondono così poco, del resto, il carattere rivoluzionario della loro critica, che il loro primo atto d'accusa contro la borghesia, è giustamente di avere creato sotto il suo regime una classe che farà saltare tutto il vecchio ordine sociale.

Non tanto di avere prodotto un proletariato essi imputano come crimine alla borghesia, quanto di avere prodotto un proletariato rivoluzionario.

Nella pratica politica essi prendono dunque una parte attiva a tutte le misure violente contro la classe operaia. E nella vita di tutti i giorni essi si affaccendano nonostante i loro discorsi ampollosi, a raccogliere i frutti dorati, e per barattare tutte le virtù cavalleresche, l'onore, l'amore, e la fedeltà, con della lana, dello zucchero, e dell'acquavite.

A simiglianza del prete e del signore feudale che camminavano un tempo a braccietto, tali vediamo oggi il socialismo clericale ed il socialismo feudale.

Niente è più facile che coprire di una vernice di socialismo l'ascetismo cristiano. Il cristianesimo, esso pure, non si è forse elevato contro la proprietà privata, il matrimonio, lo Stato? Ed al loro posto non ha esso predicato la carità e la povertà, il celibato e la mortificazione della carne, la vita monastica e la Chiesa? Il socialismo cristiano non è che dell'acqua benedetta, con la quale il prete consacra il corruccio dell'aristocrazia.

b) Il Socialismo dei Piccoli Borghesi

L'aristocrazia feudale non è la sola classe sostituita dalla borghesia – non è la sola classe che si sia vista alterare e deperire nella società borghese moderna, I piccoli borghesi ed i piccoli contadini del medioevo, erano i precursori della borghesia moderna. Riguardo al commercio ed all'industria nei paesi i più arretrati, questa classe continua a vegetare a fianco della borghesia, che si dilata.

Nei paesi acquistati alla civiltà moderna si forma una nuova classe di piccoli borghesi. Questa classe oscilla tra il proletariato e la borghesia, e come elemento complementare della borghesia, essa si costituisce sempre di nuovo, ma gl'individui che la compongono si vedono incessantemente precipitati nel proletariato, in causa della concorrenza, ed inoltre per l'avanzamento progressivo della grande industria, vedono arrivare il momento in cui spariranno interamente come parte integrale della società moderna, e che saranno sostituiti nelle manifatture, nel piccolo commercio e nell'agricoltura, da ispettori, giovani di negozio e giornalieri.

Nei paesi come la Francia, dove il contadino costituisce ben più della metà della popolazione, era naturale che gli scrittori, prendendo a sostenere la causa del proletariato contro la borghesia, criticassero il regime borghese e difendessero il partito operaio dal punto di vista del piccolo borghese e del contadino. È così che si formò il socialismo del piccolo borghese. Sismondi è il capo di questa letteratura tanto per l'Inghilterra che per la Francia.

Questo socialismo analizza con molta penetrazione le contraddizioni, che scaturiscono dai rapporti di produzione moderni. Esso svela le panacee ipocrite degli economisti. Stabilisce d'una maniera irrefutabile gli effetti micidiali della macchina e della divisione del lavoro. Dimostra l'accentramento dei capitali e della proprietà fondiaria, la sopra-produzione, la crisi, la distruzione fatale dei piccoli borghesi e dei contadini, la miseria del proletariato, il disordine nella produzione, la sproporzione nella distribuzione delle ricchezze, la guerra d'esterminio che le nazioni si fanno tra loro col mezzo della concorrenza, la dissoluzione dei vecchi costumi, delle vecchie relazioni famigliari e delle vecchie nazionalità. Tuttavia, in fondo, questo socialismo dei piccoli borghesi tende, sia a ristabilire i vecchi sistemi di produzione e di scambio, e con essi, i rapporti di proprietà scaduti e tutta la società decaduta, sia a rinchiudere i mezzi moderni di produzione e di scambio nel quadro ristretto dei vecchi rapporti di proprietà, che erano stati spezzati, e fatalmente spezzati da essi.

Il sistema delle corporazioni di mestieri delle città e l'agricoltura patriarcale, per la campagna, ecco la sua ultima parola.

Arrivato all'estremo grado del suo sviluppo, questo socialismo non sa più che versare degli sterili pianti.

c) Il Socialismo tedesco o il "vero Socialismo"

La letteratura socialista e comunista della Francia, nata sotto la pressione d'una borghesia dominante, è l'espressione letteraria della rivolta contro questo regno.

Essa fu introdotta in Germania nel momento in cui la borghesia incominciava la sua lotta contro l'assolutismo feudale.

Dei filosofi, dei mezzi filosofi e dei belli spiriti tedeschi si gettarono avidamente su questa letteratura, ma dimenticarono che le relazioni sociali della Francia non erano state introdotte in Germania nel medesimo tempo che la sua letteratura. A causa delle condizioni germaniche, la letteratura francese perdette ogni significato pratico, e prese un carattere puramente letterario. Essa non doveva più apparire che una speculazione inutile, sulla realizzazione dell'essere umano. Ed è così che per i filosofi tedeschi del decimottavo secolo, le rivendicazioni della prima rivoluzione francese non avevano il senso di essere le rivendicazioni della ragione pratica in generale; che la manifestazione della volontà dei borghesi rivoluzionarii di Francia non era ai loro occhi, che la manifestazione delle leggi della volontà pura, della volontà qual'essa dev'essere, della volontà umana per eccellenza.

Il lavoro dei letterati tedeschi si limitava a mettere d'accordo le idee francesi con le loro vecchie coscienze filosofiche, ovvero ad appropriarsi le idee francesi accomodandole al loro punto di vista filosofico.

Questa appropriazione si fece nel medesimo modo che si assimila una lingua straniera per la traduzione.

Si sa in qual modo le monache sovrapponevano ai manoscritti degli autori classici del paganesimo, le assurde leggende dei santi cattolici. I letterati tedeschi agirono in senso inverso rimpetto alla letteratura francese. Per esempio al posto della critica francese della moneta, essi scrivevano: alienazione dell'essere umano, al posto della critica francese dello stato politico borghese, scrivevano, annichilamento del regno dell'universalità astratta.

Questa interpolazione della fraseologia filosofica in mezzo alle teorie socialistiche francesi essi la battezzavano: "Filosofia dell'azione. – Vero socialismo. – Scienza tedesca del socialismo. – Base filosofica del socialismo, ecc."

In tal modo si estrinseca completamente la letteratura socialista e comunista francese.

E perché essa cessava, tra le mani degli Alemanni, di essere l'espressione della lotta di una classe contro un'altra, il filosofo tedesco si felicitava di essersi elevato al di sopra della strettezza francese, di avere rivendicato, non dei veri bisogni, ma "il bisogno del vero," di avere difeso, non l'interesse del proletario, ma "gl'interessi dell'essere umano, dell'uomo in generale," dell'uomo che non appartiene ad alcuna classe, ne ad alcuna realtà, e che non esiste che nella confusione della fantasia filosofica.

Questo socialismo tedesco, che prendeva sì solennemente sul serio i suoi goffi esercizi di scolaro, e che si strombazzava così insolentemente, perdette tuttavia, poco a poco, la sua innocenza di pedante.

La lotta della borghesia tedesca e principalmente della borghesia prussiana contro la monarchia assoluta e feudale, in una parola il movimento liberale divenne più serio.

Di modo che il vero socialismo ebbe l'occasione d'opporre i reclami socialisti al movimento politico. Esso poté lanciare gli anatemi tradizionali contro il liberalismo, contro lo stato rappresentativo, contro la concorrenza borghese, contro la libertà borghese della stampa, contro il diritto borghese, contro la libertà e l'eguaglianza borghesi; esso poté predicare alle masse ch'esse non avevano nulla da guadagnare, ma al contrario tutto da perdere in questo movimento borghese.

Il socialismo tedesco dimentica, ad un dato momento, che la critica francese, alla quale esso faceva scioccamente eco, presupponeva la società borghese moderna con le sue condizioni materiali di esistenza e una costituzione politica corrispondente, presupponeva una serie di conquiste, che per la Germania restano ancora da farsi.

I governi assoluti della Germania con il loro corteggio di preti, di pedagoghi, di gentiluomini, e di burocratici, si servirono di questo socialismo come di spauracchio per spaventare la borghesìa che ingrandiva.

Esso formò l'insipienza, compimento dei terribili colpi di frusta e di piombo, con i quali questi stessi governi repressero le sollevazioni degli operai tedeschi.

Se il vero socialismo divenne in tal modo un'arma nelle mani dei governi, esso, inoltre, rappresenta direttamente un interesse reazionario, l'interesse dei piccoli borghesi. La classe dei piccoli borghesi, trasmessa dal decimosesto secolo, e d'allora in poi incessantemente rinascente, costituisce, per la Germania, la vera base sociale delle condizioni esistenti.

Il mantenerla è mantenere le condizioni tedesche attuali con la dominazione industriale e politica della borghesia: questa classe di piccoli borghesi intravede la sua distruzione, per una parte, dall'accentramento dei capitali, per un'altra parte, dalla formazione d'un proletariato rivoluzionario. Il vero socialismo era una pietra, che ammazzava questi due uccelli in una volta. Esso si propagava come un'epidemia.

Il vestito, tessuto con i fili immateriali della speculazione, ricamato dei fiori del bello spirito, e saturato d'una rugiada sentimentale; il vestito iperfisico, nel quale i socialisti tedeschi involgevano qualche magra loro verità eterna, fu una strombazzatura che attivò la vendita della loro mercé presso questo genere di avventori.

Dal canto suo il socialismo tedesco comprese di meglio in meglio, che la sua vocazione era di restare il rappresentante magniloquente di questa piccola borghesia.

Esso proclama la nazione tedesca, la nazione normale, ed il filisteo tedesco l'uomo normale. Esso diede a tutte le loro infamie un senso mistico, un senso socialista ed elevato che le facevano apparire il contrario di quello che erano. Esso tirò l'ultima conseguenza elevandosi contro la tendenza "brutalmente distruggitrice" del comunismo, e dichiarandosi al disopra di tutti i partiti e di tutte le lotte di classe.

Fattavi qualche eccezione, tutte le pubblicazioni sedicenti socialiste e comuniste che circolano in Germania, appartengono a questa indecente e snervata letteratura.

2. Il socialismo conservatore borghese

Una parte della borghesia cerca di portare rimedio ai mali sociali, allo scopo di assicurare l'esistenza della società borghese.

In questa categoria si classano gli economisti, i filantropi, miglioratori della sorte della classe operaia, gli organizzatori della beneficenza, i riformatori da gabinetto d'ogni categoria. E si è sino andati ad elaborare questo socialismo borghese in sistemi completi.

Citiamo ad esempio, la filosofia della miseria di Proudhon.

I socialisti borghesi vogliono conservare le condizioni di vita della società moderna, senza i pericoli che ne derivano fatalmente. Essi vogliono la società attuale, ma con la eliminazione degli elementi che la rivoluzionano e la dissolvono. Vogliono la borghesia senza il proletariato. La borghesia, come di giusto, rappresenta il mondo dov'essa domina, come il migliore dei mondi possibili. Il socialismo borghese elabora un mezzosistema. Allorché esso invita il proletariato a realizzare i suoi sistemi ed a fare la sua entrata nella nuova Gerusalemme, esso non fa altro, in fondo, che consigliarlo a stare attaccato alla società attuale, ma a sbarazzarsi degli odiosi concetti, ch'egli nutre a suo riguardo.

Una seconda forma di questo socialismo, meno sistematico, ma più pratico, cerca di disgustare gli operai d'ogni movimento rivoluzionario, dimostrando loro, che non era tale o tal altro cambiamento politico, ma soltanto una trasformazione dei rapporti della vita materiale e delle condizioni economiche, che poteva profittar loro. Notate, che per trasformazione dei rapporti materiali della società, questo socialismo non intende parlare dell'abolizione dei rapporti di produzione borghese, abolizione che non è possibile se non con dei mezzi rivoluzionarii; ma semplicemente delle riforme amministrative che si compiono sulla base stessa della produzione borghese, e che, per conseguenza, non toccano le relazioni del capitale e del salariato, ma che, nel miglior caso, non fanno che diminuire le spese della sua dominazione e semplificare l'amministrazione dello Stato per la borghesia.

Il socialismo borghese non raggiunge la sua espressione che là dove esso diviene una semplice figura rettorica.

Libero scambio! nell'interesse della classe operaia; diritti prottetori! nell'interesse della classe operaia: ecco la sua ultima parola, la sola parola proferita seriamente dal socialismo borghese.

Poiché il socialismo borghese si riassume nell'affermazione, che i borghesi sono borghesi nell'interesse della classe operaia.

3. Socialismo e comunismo critico-utopista

Noi non trattiamo qui della letteratura che, in tutte le grandi rivoluzioni moderne, formola le rivendicazioni del proletariato (gli scritti di Baboeuf, ecc.)

I primi tentativi del proletariato eseguiti durante un periodo di effervescenza generale, durante il periodo del rovesciamento della società feudale, per fare immediatamente prevalere i suoi interessi di classe, dovevano necessariamente fallire prima, a causa dello stato embrionale del proletariato stesso, in seguito per l'assenza delle condizioni materiali della sua emancipazione le quali non si sono prodotte che per l'èra borghese. La letteratura rivoluzionaria di questi primi movimenti del proletariato, nasconde necessariamente un fondo reazionario. Essa preconizza un ascetismo generale ed un grossolano egualitarismo.

I sistemi socialisti e comunisti propriamente detti, i sistemi di Saint Simon, di Fourier, di Owen, ecc., fanno la loro comparsa nel primo periodo della lotta tra proletariato e borghesia, periodo descritto poco fa – (V. Borghesia e Proletariato.)

Gl'inventori di questi sistemi si rendono ben conto dell'antagonismo di classe, come pure dell'azione degli elementi dissolventi della società dominante stessa. Ma non vedono aucora dal lato del proletariato ne un'azione storica spontanea, ne un movimento politico che gli sia proprio.

Come lo sviluppo dell'antagonismo di classe cammina a fianco dello sviluppo dell'industria, essi non trovano neppure le condizioni materiali dell'emancipazione del proletariato, ma si mettono in cerca di una scienza sociale, di leggi sociali, allo scopo di creare queste condizioni.

Al posto dunque dell'azione sociale, sono costretti di mettere la loro attività cerebrale e personale; al posto delle condizioni storiche della emancipazione, delle condizioni fantastiche; al posto dell'organamento naturale e graduale del proletariato in classe, un organismo di società fabbricato interamente da essi medesimi. La futura storia del mondo si risolve per loro nella propaganda e nell'attuazione pratica dei loro piani di società.

Nei loro piani, tuttavia, essi hanno la coscienza di difendere, innanzi tutto, gl'interessi della classe operaia, perché essa è la classe più sofferente.

La classe operaia non esiste per essi che sotto l'aspetto di classe più sofferente.

Ma, come comportano la forma poco sviluppata della lotta di classe e la loro posizione sociale, essi si considerano bene al disopra d'ogni antagonismo di classe. Essi desiderano migliorare le condizioni materiali della vita per tutti i membri della società, anche dei più fortunati. Per conseguenza essi fanno appello alla società intera, senza distinzione, o piuttosto s'indirizzano di preferenza alla classe dominante. Poiché si tratta soltanto di comprendere il loro sistema per riconoscere subito, che è il migliore di tutti i piani possibili della migliore società possibile. Essi respingono dunque ogni azione politica e sopratutto qualunque azione rivoluzionaria; essi cercano di raggiungere il loro scopo con mezzi pacifici, e procurano di agevolare il cammino al nuovo evangelo sociale con la forza dell'esempio, con delle esperienze in piccolo, che necessariamente sono condannate all'insuccesso.

La pittura fantastica della società futura, in un periodo in cui il proletariato, poco sviluppato ancora, intravede la sua posizione d'una maniera fantastica, corrisponde alle prime aspirazioni profetiche ed indefinite degli operai verso una completa trasformazione della società.

Ma gli scritti socialisti e comunisti racchiudono essi pure degli elementi di critica. Essi attaccano la società esistente alle sue basi. Essi fornirono per conseguenza, nei loro tempi, dei materiali di un grande valore per l'istruzione degli operai. Le loro proposte relative alla società futura, come la fusione della città e della campagna, l'abolizione della famiglia, del guadagno privato e del lavoro salariato; la proclamazione dell'armonia sociale, della trasformazione dello Stato in una semplice amministrazione della produzione; tutte queste proposte non fanno che esprimere la scomparsa dell'antagonismo di classe, antagonismo che incomincia soltanto a disegnarsi, ed i cui fattori di sistemi non conoscono ancora che la prima fase informe ed indeterminata. Così queste proposte non hanno ancora che un senso puramente utopistico.

L'importanza del socialismo e del comunismo critico-utopista è in ragione opposta dello sviluppo storico. A misura che la lotta di classe si accentua e prende una forma, questo fantastico disprezzo per la lotta, questa fanatica opposizione alla lotta, perdono qualunque valore pratico, qualunque giustificazione teorica. Ed è perciò che, se sotto diversi rapporti, i fondatori di questi sistemi erano dei rivoluzionari, le sètte formate dai loro discepoli sono sempre reazionarie; poiché questi discepoli si ostinano ad opporre i vecchi concetti dei padroni all'evoluzione storica del proletariato. Essi cercano dunque, in nome della logica, di rintuzzare la lotta di classe e di armonizzare gli antagonismi. Essi sognano sempre la realizzazione sperimentale delle loro utopie sociali, lo stabilimento di falansteri! isolati, la creazione di colonie all'interno, e la fondazione di piccole Icarie – edizione in dodicesimo della nuova Gerusalemme; – ma, per arrivare a costruire tutti questi castelli in aria, si vedono costretti di fare appello alla filantropia delle saccoccie e dei cuori borghesi.

Poco a poco essi cadono nella categoria dei socialisti reazionarii o conservatori dipinta poco fa, e non si distinguono più che per una pedanteria più sistematica, e per una fede superstiziosa nell'efficacia miracolosa della loro scienza sociale.

Essi si oppongono dunque con furore ad ogni movimento politico della classe operaia, che non può provenire che dalla sua perfetta mancanza di fede nel nuovo evangelo.

Gli Owenisti in Inghilterra, i Fourieristi in Francia reagiscono, là contro i Costituzionali, qui contro i Riformisti.

Posizione dei comunisti a petto dei differenti partiti dell'opposizione

Secondo ciò che abbiam detto sopra (vedi sezione seconda), la posizione dei comunisti di contro ai partiti operai, di già costituiti, si spiega da se stessa, e quindi le loro relazioni con i costituzionali in Inghilterra, e con i riformatori agrari nell'America del Nord.

I comunisti combattono per iscopi ed interessi immediati della classe operaia, ma difendendo il movimento attuale, rappresentano, nello stesso tempo il movimento dell'avvenire.

In Francia i comunisti si collegano col partito democratico-socialista, contro la borghesia conservatrice e radicale, riservandosi il diritto di criticare le frasi e le illusioni ereditate dalla tradizione rivoluzionaria.

In Svizzera essi appoggiano i radicali, senza disconoscere che questo partito si compone di elementi contradditorii, metà di democratici-socialisti, nell'accezione francese della parola, metà di borghesi radicali.

In Polonia, i comunisti sostengono il partito che scorge in una rivoluzione agraria le condizioni della liberazione nazionale, cioè il partito che fece la rivoluzione di Gracovia nel 1846.

In Alemagna, il partito combatté con la borghesia tutte le volte che la borghesia agì rivoluzionariamente verso la proprietà fondiaria feudale, e la piccola borghesia.

Ma giammai, in nessun momento, questo partito trascura di sviluppare negli operai una coscienza chiara e netta dell'antagonismo profondo, che esiste tra la borghesia ed il proletariato, affinché, giunta che sia l'ora, gli operai tedeschi sappiano convertire le condizioni sociali e politiche create dal regime borghese, in altrettante armi contro la borghesia, di modo che, appena le classi reazionarie della Germania siano distrutte, la lotta possa impegnarsi tra la borghesia stessa.

È sulla Germania sopratutto, che i comunisti dirigono la loro attenzione, perché la Germania si trova alla vigilia di una rivoluzione borghese, e perché essa effettuerà questa rivoluzione nelle condizioni più avanzate della civiltà europea, e con un proletariato infinitamente più sviluppato di quello che possedevano l'Inghilterra e la Francia nel XVII e XVIII secolo, e per conseguenza la rivoluzione borghese tedesca non potrà essere che il breve preludio d'una rivoluzione proletaria.

Insomma, i comunisti appoggiano dappertutto qualunque movimento rivoluzionario contro lo stato di cose sociali e politiche esistenti.

In tutti questi movimenti essi mettono innanzi la questione della proprietà, quale che sia la forma più o meno sviluppata ch'essa abbia rivestita, come la questione fondamentale del movimento.

Infine, i comunisti lavorano per l'unione e per l'accordo dei partiti popolari di tutti i paesi.

I comunisti non si abbassano a dissimulare le loro opinioni ed i loro fini. Essi proclamano altamente che questi fini non potranno essere raggiunti senza il rovesciamento violento d'ogni ordine di cose attuale.

Che le classi dominanti tremino pure all'idea d'una rivoluzione comunista. I proletarii non hanno nulla a perdere, all'infuori delle loro catene: essi hanno un mondo da guadagnare.

Proletari di tutti i paesi unitevi!